C'era la luna piena e.....

by

Michele Pisculli

I'll see you on the dark side of the
moon.
(Ci incontreremo sul lato oscuro
della luna).
(Pink Floyd)

Ogni riferimento a persone e cose deve ritenersi puramente casuale.

I

La comunità

Mi adattai subito a quella nuova vita.

Nessun contatto con il mondo esterno. Eravamo poche centinaia di persone autosufficienti. C'erano quelli che, io chiamavo agricoltori per distinguerli, che avevano coltivato degli orti in grande scala, quelli che, io chiamavo i pescatori, uscivano tutte le notti in mare e ritornavano con le barche piene di pesci e quelli che, io chiamavo allevatori, avevano mucche da latte, maiali (da cui ricavavano dei salumi eccellenti), capre, pecore, galline e conigli. Le donne più anziane sapevano fare il pane e dei dolci tipici eccellenti. Poi c'erano i fratelli Vernier che due volte a settimana con il loro vecchio furgone andavano in città portando pesce ed ortaggi, ritornando con farina vino ed altre cose che servivano alla comunità. Poi c'ero io e la mia famiglia. Noi non producevamo niente, ma compravamo in contanti tutto quello che ci serviva. Betta suonava e componeva nuove canzoni. Adele passava gran parte del suo tempo a leggere o tra i fornelli cercando di realizzare dei piatti che faceva sua nonna o faceva delle lunghe passeggiate lungo il bagnasciuga abbronzandosi. Io quando non scrivevo, pescavo non lontano dalla spiaggia, su un barchino. Spesso mi andava bene ed il pesce fresco non mancava mai al nostro desco.

Conducevamo una vita semplice ma molto soddisfacente. Sapevamo che fuori dalla nostra oasi c'era sofferenza e morte e volevamo ignorarlo fermamente e volutamente.

Dopo qualche settimana i sentimenti giovanili che avevo vissuto con Adele ritornarono in superficie ed anche per lei fu la stessa cosa. Ci innamorammo ancora una volta l'uno dell'altra e ciò rendeva Betta, nostra figlia, notevolmente felice. Quel vecchio che qualche mese prima era su un treno che portava a Roma, ora era ringiovanito e alla disperazione si era sostituita la voglia di vivere e di amare di nuovo. Non era voglia di dimenticare. Non avrei mai potuto scordare Viviana e Silvio, ma credevo che anche loro fossero d'accordo sulla mia scelta. Non si può morire dentro soffocati dal ricordo. Non facevamo progetti per il futuro, in quanto era incerto, ma vivevamo il momento in armonia con noi stessi.

Quella notte c'era la luna piena e le stelle erano visibili ad occhio nudo. La quieta di quel momento venne turbata da un piccolo gruppo di persone che urlando si diressero verso la nostra villa. Adele turbata gli andò incontro aprendo il cancello.

'Gente cosa succede?'

'E' morto Francoise, uno dei fratelli Vernier.'

Disse una giovane donna alterata.

'Venga con noi a vedere il cadavere che abbiamo trovato nel fienile.'

Si rivolse a me, quasi supplicandomi.

Osservai con attenzione il corpo esamine del giovane.

'Non c'è alcun dubbio. E' stato assassinato. Ha una ferita al collo. Probabilmente una ferita da coltello. La lama gli ha quasi staccato la testa. E' deceduto all'istante e sembra che non abbia accennato nessun tentativo di difesa. E' necessario avvertire la polizia della città. '

Coprii il corpo con un telo.

'Non dobbiamo spostarlo da qui. Mi è stato detto che è stato trovato in questo posto e che nessuno lo ha toccato, a parte me e questo faciliterà l'analisi del corpo da parte della scientifica che verrà presto qui. La pace di questo posto a breve verrà turbata e non possiamo farci niente. '

Con il cellulare feci il numero della gendarmeria.

'Allò! Je veux signaler un crime. Un homicide.'*

*'Pronto! Voglio denunciare un delitto. Un omicidio.'

II

Il commissario Durant

Era un uomo alto quanto me, dal fisico tozzo. Il suo volto tondo era reso buffo da quella mascherina che doveva proteggerlo da una eventuale presenza di Covid-19 nell'aria o che si annidasse nel corpo della gente che aveva attorno. Diede un'occhiata sommaria al corpo steso nel fienile, poi si allontanò lasciando che gli uomini della scientifica, che l'avevano seguito dalla città, facessero il loro lavoro di routine.

Vederlo prepararsi la pipa, mentre rifletteva sul da farsi, mi colpì piacevolmente.

Anch'io feci lo stesso. Dopo un breve mugugno mi osservò con attenzione.

'Lei è uno di quelli che ha trovato il corpo?'

'Non precisamente. Mi hanno chiamato e sono corso a vedere e poi ho contattato subito voi, la gendarmeria nazionale'

Restò in silenzio.

'Di certo non è una morte naturale. Mi pare evidente. Conosceva quell'uomo?'

"Non in particolare. So che insieme al fratello gestiva il trasporto di cose verso

la città e viceversa. Ma non saprei dirle
altro. '

'Cose? Che cose? Si spieghi meglio. '

'Portava frutta, verdura, salumi e
quant'altro al mercato per venderli.
Ritornava indietro con tutto quello che
gli abitanti di qua gli chiedevano di
comprare. In questo mondo si evitava
un contatto con l'esterno che potrebbe
essere pericoloso. '

'Già questa maledetta pandemia che ha
sconvolto completamente il nostro stile
di vita. Da quando c'è il virus gli
omicidi sono diminuiti drasticamente,
ma qua questo teorema non ha

funzionato. Questa è una comunità circoscritta. Intendo dire che vi conoscete, più o meno, tutti. Si è fatto un'idea di chi può aver fatto questo omicidio? Chi lo odiava a tal punto per ucciderlo?'

Mi sembrò che la sua fosse una domanda retorica e che non si aspettasse da me una risposta risolutiva. Infatti io non avevo la più pallida idea di chi fosse l'uomo o la donna che avesse commesso quel delitto violento. Si voltò e si diresse verso il medico necroscopo che aveva appena completato una prima visita sommaria sul corpo. Li vidi parlottare fittamente fra loro, poi ritornò da me.

'Lei può andare. Mi saluti Adele, la sua signora e gli riferisca che Emilien verrà presto a trovarla. '

Restai sbigottito.

III

Emilien

Betta era stravolta da ciò che era successo. Ciò mi preoccupò parecchio.

'Conoscevi la vittima?'

Disse di sì e poi fra le lacrime fece un lungo discorso senza che io glielo chiedessi. Nonostante il suo racconto dettagliato che mi indignò fortemente, mi sembrò che Betta mi nascondesse ancora qualcosa. Ma potevo sbagliarmi. A questo punto il movente che lo aveva portato a quella morte cruenta mi fu subito chiaro, mentre chi poteva averlo ucciso lo era meno. Pensavo che la nostra comunità fosse sana e che il Covid.19 avesse reso gli animi della gente meno cattivi. Ma non era così. Il male covava il suo malessere sotto la brace spenta e bastava una semplice scintilla per renderlo ancora una volta forte, pronto ad insidiarsi profondamente nell'animo debole della gente, travolgendo ogni cosa ed ogni coscienza.

'Presto verrà a trovarci il commissario che è arrivato dalla città. Ti porge i suoi saluti. '

'Oh, Emilien. E' un uomo interessante e perspicace. Qualche anno fa ha risolto prontamente un caso investigativo che aveva coinvolto la scena di un nostro film. La protagonista era sparita all'improvviso e non sapevamo che pensare e che fare. Ma lui, tra un grugnito e l'altro, la riportò viva e vegeta sul set, salvando la produzione. Non lo ho mai ringraziato per quello che ha fatto allora.'

'Un rapimento?'

'Lo pensavamo anche noi. Ma era solo una crisi di identità. L'attrice temeva di non farcela a sostenere la parte che le ers stata assegnata dal regista e si era allontanata spontaneamente. Ma aveva torto sulle sue capacità artistiche. Il film è stato un successo e lei fu osannata sulle prime pagine di tutti i giornali.'

Quello era stato un caso semplice da risolvere, quello che si prospettava adesso era molto più difficile da risolvere e non sarebbe stato facile venirne a capo. Almeno in tempi brevi.

La cena con il nuovo ospite fu piacevole. Adele ricordava con piacere i tempi passati ed il commissario era soddisfatto di come andarono le cose allora.

'Ho letto gran parte dei suoi racconti e so che molti di loro sono nati da una sua collaborazione attiva con le forze dell'ordine italiane per risolvere casi intricati. Quindi non gliene vorrò se mi aiuterà a risolvere questo omicidio. Le indagini sono ad un punto morto. Sembra che nessuno abbia voglia di collaborare con la gendarmeria. Non sembra neanche di essere in Francia.'

'Ma sembra di essere in Sicilia.'

'Stavo per dire in Corsica. Ho lavorato lì per qualche anno ed è stato un inferno combattendo contro una omertà ostinata e pregiudizi incomprensibili.'

Capii che avrei potuto aiutarlo dicendogli quello che sapevo della vittima. Ma non era arrivato il momento per farlo. Dovevo indagare per conto mio almeno un po'. Poi avrei collaborato come chiedeva, Era più forte di me e non riuscivo a farne a meno.

IV

Antoine

Eravamo davanti ad un bicchiere di vino rosso e a chi ci osservava sembravamo due amici che discutevano del più e del meno. Ma non era così. Il ragazzo, dopo le mie prime rivelazioni, si rabbuiò.

'Mio fratello era ossessionato dai soldi ed ogni modo era giustificato per averli. Non gli importava cosa provocava questo su insano desiderio. Io sapevo dei suoi traffici, ma non ne ho mai fatto parte. Anzi, quando cercava di aprirsi con me, gli chiedevo espressamente di non farlo. Ma questo mio comportamento non mi assolve del tutto.'

'Doveva denunciarlo, ponendo fine alla sua attività criminale.'

Annuì con il capo.

'Già dovevo farlo. Ma sono stato un vigliacco. Temevo la reazione di Francoise e tutte le conseguenze che sarebbero sorte nella comunità. Sarebbe stata inevitabilmente anche la fine per me. Mi creda ero in trappola e non sapevo come uscirne.'

Stava quasi per piangere.

'Quante ragazze erano nelle sue mani?

'Che io sappia cinque.'

'Come ha fatto a convincerle a prostituirsi in città. Tenendo tutti all'oscuro su quello che succedeva?'

'Lui era persuasivo. Cominciava a farle provare della droga gratuitamente. Un semplice spinello per dimenticare l'isolamento ed il Covid 19, poi quando era diventato un vizio irrinunciabile per loro chiedeva di essere pagato per fornire quello che chiedevano insistentemente. Loro gli rinfacciavano che non avevano soldi da dargli. Lui all'inizio si accontentava di fare del sesso consenziente con loro poi buttava lì la sua proposta. Due, tre volte al mese le portava di nascosto in città per farle prostituire. Si era organizzato bene ed aveva solo clienti facoltosi che volevano la massima discrezionalità su quell'incontro erotico. Tutti vecchi pieni di soldi che per fare sesso facile oltre ad avere una bella ragazza a disposizione avevano anche bisogno di un aiuto farmacologico per consumare un amplesso. La famosa pillolina blu, mi capisce e lui forniva anche quella ai suoi clienti. Non c'ò che dire si era organizzato bene e gli affari gli andavano bene. Lo sa quali era le sue tariffe?'

Mi guardò e non ricevendo una mia risposta, continuò.

'Mille euro per un semplice incontro. Tremila per una notte intera. E durante quella notta il porco di turno poteva fare tutto quello che voleva alla povera ragazza, C'era droga ma con alcuni di loro anche violenza sado maschista. Per quelle ragazze era diventato un inferno ed era inevitabile che alla fine una di loro, per liberarsi dal giogo in cui era caduta, lo uccidesse. Lo ha fatto per legittima difesa. Per riacquistare la propria libertà e non la biasimo. Anzi, secondo me, anche se la vittima era mio fratello, ha fatto bene. La giustifico pienamente.'

'Pensa che l'omicida sia una selle cinque ragazze?'

'E chi altri. Non certo un cittadino onesto a cui aveva fatto pagare qualche euro in più per la merce che gli aveva trasportato in città. Faceva anche quello. Non si accontentava del pinguo guadagno illecito, barava anche su dei costi minimi di consegna. Adesso che sa tutto cosa succederà?

'A lei niente. Verrà di nuovo interrogato dal commissario e dovrà dire la stessa verità che ha rivelato a me. Le indagini continueranno fino a quando il colpevole non sarà arrestato. Adesso mi dia i nomi delle cinque ragazze coinvolte nella prostituzione d'alto bordo organizzata da suo fratello.'

Segnai i nomi sul taccuino che avevo con me. Le conoscevo tutte e due di loro erano ancora minorenni. Provai sconcerto e repulsione per quella triste storia. Lo lasciai senza salutarlo.

'Ci ha provato anche con sua figlia, ma gli è andata male. Aveva trovato un tizio, un cliente, che era disposto a pagare diecimila euro per passare una notte con lei. Non si era arreso al primo diniego della ragazza e credo che avesse in mente un piano per costringerla con la forza, rapendola. Se avesse portato a termine il suo progetto, sarebbe finita male per la ragazza. Ma a lui non importava niente delle conseguenze del suo gesto. Era disposto anche ad ucciderla per aver tutti quei soldi. Voleva prenderla a tutti i costi. '

Mi disse prima che uscissi dal locale.

Betta, la mia Betta era stata in serio pericolo ed io che ero accanto a lei non mi ero accorto di niente. Non ero stato in grado di proteggerla. Lo sgomento si trasformò in rabbia. Per un attimo fui contento che qualcuno si era fatto giustizia. Quell'uomo era spazzatura e come tale doveva essere eliminata.

Mi chiesi se stavo facendo bene a cercare chi si era fatta giustizia da sola. Se fosse toccato anche a mia figlia, lo avrei ucciso a mani nude e avrei fatto penzolare il suo corpo nella piazza principale, sul pennone della bandiera nazionale. Poi mi tranquillizzai e ritornai ad essere me stesso.

V

Betta

Aveva il volto disfatto e capivo che stava soffrendo tanto nel rivivere quei momenti.

'E' successo una settimana fa. Mamma aveva ordinato una cassa di Bordeaux in citta. Francoise era venuto a consegnarlo- Tu e mamma eravate in spiaggia ed io ero solo a casa. Si è fatto subito avanti con arroganza dicendo che una ragazza bella come me era sprecata in questo posto isolato dal mondo. Era pronto a liberarmi dalla noia dandomi gratuitamente della droga e se avessimo consolidato la nostra amicizia si sarebbe aperto per me un nuovo mondo dove potevo realizzare ogni mia voglia nascosta, anche la più perversa. Mi accarezzò la guancia ed io lo schiaffeggiai sonoramente. Lui se ne andò imprecando. Tutto qui. '

Arrivò al bistrò in orario.

'Aspettandola, mi sono permesso di ordinare per entrambi. Sono sicuro che il piatto che sarà servito le piacerà. '

'Sono in ritardo? '

'Per niente. Sono io che sono arrivato in anticipo.'

Ed il plateau de fruits de mer arrivò. E' un piatto tipico dei francesi, composto per lo più da molluschi crudi serviti con il guscio o con la conchiglia ed occupano un'ampia area del piatto, proprio per tale motivo sono serviti su più livelli, su un letto di ghiaccio tritato. Alla base c'era il piatto più largo, ricoperto per lo più da ostriche già aperte, seguito da altri quattro piani che diminuivano di diametro salendo verso l'alto. Vidi un granchio dalle chele enormi. Mi chiesi se anche quello fosse completamente crudo o cucinato al vapore. Arrivarono anche i piattini delle salse. Una salsa di reseda*, salsa di cocktail**e limone. Il caposala era riuscito a trovare anche il prosecco che avevo ordinato; un Cuvée Oro Conegliano Valdobbiadene, prosecco superiore della Carpenè Malvolti. Servito in contenitore di acciaio con dentro dei cubetti di ghiaccio per mantenere la bottiglia alla giusta temperatura. C'era tutto quello che avevo ordinato, adesso potevamo cominciare.

Cominciai a raccontargli tutto ciò che sapevo o quasi. Tralasciai volutamente il coinvolgimento di Betta, mia figlia. Non aggiungeva niente di più all'indagine in corso. Il mio interlocutore ascoltava attento ed in silenzio. Lo vidi alle prese con una grossa chela (il granchio non era crudo, ma sbollentato al vapore).

''Incredibile. Tutta questa storia ha dell'incredibile. Non lo avrei mai immaginato. Sembra di vivere in uno dei suoi racconti polizieschi o Noire, come lei ama definirli. E qui siamo in Francia dove è stato creato questo tipo di racconto. E' chiaro che l'assassino è una delle cinque ragazze od è collegato con una di loro. Bisogna scoprire quale. Da chi cominciamo?'

'L'una vale l'altra. Lasciamo fare al caso.'

Aveva finito di ripulire sistematicamente la chela. Prese l'altra e continuò a ripulirla metodicamente.

*fatta con scalogno tritato, pepe ed aceto.

**pomodoro e maionese miscelati fino ad ottenere un colore rosa, simile al colore del gambero con cui viene spesso servita.

VI

L'interrogatorio

Emilien volle che io assistessi all'interrogatorio.

Vidi sfilare le cinque ragazze una dopo l'altra: La storia che raccontarono era ripetitiva e non emerse niente di importante che potesse portare avanti le indagini. Erano tutte seriamente preoccupate e devastate da ciò che era accaduto. Accettavano la loro sorte, qualunque essa fosse dopo la scoperta della loro doppia vita. Provavano anche vergogna ma sembravano sovrastate dagli eventi. Due di loro erano poco più che ragazzine e non riuscivo ad immaginarle colpevoli. Come crudeli assassine pronte a vendicarsi contro il loro aguzzino. A dire il vero neanche le altre tre mi sembravano colpevoli. Eppure qualcuno lo era e si era fatto giustizia da se in modo cruento staccando quasi la testa alla vittima con dei fendenti violenti. Era stato usato per l'omicidio sicuramente un grosso coltello, come quello usato dai macellai. Questo particolare stonava con l'immagine che veniva fuori da quelle ragazze sconvolte.

Ci stava sfuggendo qualcosa, ma cosa? Continuavo a chiedermi con insistenza.

'Allora cosa ne pensa? Mi sembra che tutto sia rimasto come prima. Allo stesso punto di partenza. Comincio a pensare che ci siamo imbattuti in un caso difficile da risolvere.'

'Non è detto, non è detto. Dobbiamo solo cambiare punto di vista ed allargare l'orizzonte dell'indagine.'

'Intende dire dedicare la nostra attenzione al loro ambiente familiare?'

'Precisamente. Secondo me dobbiamo cercare un uomo. Un fratello, un fidanzato o un padre infuriato contro l'uomo che carpito la fanciullezza della vittima non ancora pronta ad affrontare pienamente la vita, soprattutto nei suoi risvolti più negativi.

Credo che troveremo il colpevole in questa cerchia ristretta.'

Il commissario mi anticipò accendendo la sua pipa.

'Forza lo faccia anche lei. Osservare le nuvolette di fumo che si disperdono nell'aria mi aiuta a pensare, libero da ogni zavorra che condiziona la mente.'

Seguii il suo consiglio e capii che aveva ragione.

Arrivò sbuffando e di corsa. Iniziò a parlare senza nemmeno salutare.

'Caro amico il caso è risolto. Anzi si è risolto da solo. Elise Laudignon ha tentato il suicidio, subito dopo l'interrogatorio, ed ha lasciato una lettera dove confessa di aver ucciso la vittima.'

'Lei come sta?'

'E' piantonata in ospedale. Si è tagliata le vene, ma è stata fortunata. Il padre è rientrato prima dal lavoro e l'ha trovata sul letto in un mare di sangue ed ha chiamato subito il pronto soccorso per chiedere aiuto. Solo in un secondo tempo ha chiamato la gendarmeria nazionale. Ha perso molto sangue, ma non è in pericolo di vita. Qualche giorno in ospedale e sarà pronta ad essere trasferita nel carcere della città. Mi è rimasto poco da fare qui e presto anch'io ritornerò al mio ufficio e dovrò riempire una montagna di scartoffie per chiudere definitivamente il caso. Non le sembrerà possibile ma io amo la vita tranquilla, immersa nella noia più completa. Questa storia stava per sconvolgere il mio equilibrio interiore.'

'Non credo che siamo alla fine della storia. Mi sembra tutto troppo scontato. Poi non riesco ad immaginare quella povera ragazza con un coltellaccio in mano che affronta un uomo come Francoise. Intendo dire della sua stazza fisica. Si sarebbe fatta una risata, vedendosi minacciato e con un sonoro ceffone l'avrebbe disarmata facilmente. No. Non è come appare. C'è qualcosa in più che al momento ci sfugge. Non si illuda commissario, il tempo di ritornare a casa non è ancora arrivato. '

'Eppure ha confessato e nessuno l'ha spinta a farlo. Ha avuto solo paura, dopo l'interrogatorio ed è crollata sotto il peso della sua colpa. Io la vedo così. '

Notai un pizzico di risentimento nelle sue parole. Non tollerava che avevo messo in dubbio le sue deduzioni investigative. Quell'uomo non era un tipo complicato e bastava poco per capirlo, anche se cercava di nascondere i suoi pensieri in quel momento.

'Che lavoro fa il padre?'

'Ha una piccola macelleria che gestisce da solo. Sembra un uomo tranquillo.'

'Questo suona interessante. Forse è il tassello che mancava.'

'Sembra un uomo tranquillo', ma cosa succede nella mente di un uomo tranquillo quando viene a sapere che sua figlia è nelle mani di un delinquente che la costringe a prostituirsi, non lasciandole una via d'uscita. Io al suo posto avrei preso uno dei miei coltelli ed avrei cercato di staccargli la testa, così come era accaduto. Non era Elise la colpevole ma ancora una volta era una vittima che non accettava più gli eventi del momento, e con quel gesto estremo aveva cercato di appropriarsi di nuovo del suo destino. Ero sicuro di non sbagliarmi. Dovevamo porre la nostra attenzione verso il padre della ragazza. Considerarlo colpevole non strideva, come invece succedeva adesso considerando la figlia come un'assassina. Dovevamo portarlo a confessare spontaneamente. Come farlo non mi era chiaro, ma avremmo trovato il modo. Alla fine era un uomo tranquillo e non avrebbe retto a lungo la tensione che stava vivendo e avrebbe cercato di liberarsi del suo dramma e una confessione spontanea lo avrebbe liberato da tutto questo.

VII

C'era la luna piena e...

Quella sera c'era la luna piena ed io stavo ad osservarla ammaliato seduto sulla sabbia con le spalle poggiate ad un lato della barca.

Mi godevo la quiete di quel momento lontano da tutto e da tutti. Stavo vivendo la mia seconda vita senza fretta ed ansia. alcuna. Fino a poco tempo prima non lo avrei mai immaginato che sarei riuscito a riprendermi dal mio dolore ed era vero che non si può morire dentro. Ero riuscito a voltare pagina pur non dimenticando il mio passato che era stato felice almeno quanto il presente.

Adele mi raggiunse in spiaggia. Aveva portato con se una bottiglia di Bordeaux e due bicchieri di cristallo, Me ne porse uno dopo averlo riempito.

'Cosa festeggiamo?'

Le chiesi distratto.

'Noi due ed il nostro ricongiungimento dopo tutto questo tempo di lontananza.'

'Sei felice?'

'In questo momento sì. Ho tutto quello che mi serve. Ci sei tu, poi c'è Betta, nostra figlia.'

'Sei stata brava. Nonostante la mia latitanza l'hai cresciuta bene e sono orgogliosa di lei.'

'E' caparbia e testarda come te. Non si arrende mai fino a quando non raggiunge il suo obiettivo. Non ne parla mai ma come cantautrice è molto amata dal suo pubblico. Adesso sta soffrendo un po' perché non le è permesso fare i suoi concerti per via della pandemia, ma si è organizzata in streaming per incontrare i suoi fan che continuano a non dimenticarla. Chissà se un giorno ritornerà tutto come prima spezzando questo distanziamento forzato. Lei e giovane e tutto questo le pesa più di quanto possa farlo a noi.'

'Stai dicendo che a noi va meglio perché siamo vecchi? Io non mi sento ancora anziano. Forse posso definirmi un po' più maturo. Ma solo un po'.

La feci sorridere e ancora una volta mi accorsi che la sua bellezza era rimasta intatta come allora. Mi chiesi perché ci eravamo lasciati tanto tempo fa. Stavamo bene insieme e non riuscivo a trovare una spiegazione valida che giustificasse quella nostra improvvida scelta. Credetti che non era ancora tardi per recuperare tutto il tempo perduto. Adesso non riuscivo ad immaginare di vivere senza di lei accanto. Mi sentii stupidamente romantico, come quel ragazzo che aveva attaccato discorso sulla scalinata del Sacré Coeure* con una splendida giovane che disegnava bozzetti sognando di ventare una scenografa. Lei era riuscita a fare di più. Era diventata una produttrice cinematografica internazionale e quel ragazzotto che stilava appunti era diventato uno scrittore di successo, ma le nostre strade ed il nostro amore si erano separati, per fortuna non per sempre.

Le strinsi la mano.

'Adele...'

'Sì.'

'Vuoi sposarmi?'

Mi rispose con un bacio appassionato.

• *Boulevard des Italiens, gennaio 2016*

VIII

Un altro omicidio

Emilien arrivò, come la volta prima, ansimando.

'Caro amico se continui così ti verrà, prima o poi, un malore cardiovascolare.

Sembrò non capire la mia osservazione sarcastica. Gli versai del Bordeaux.

'Siediti. Prima bevi e poi mi racconti tutto con calma.'

Bevve il vino rosso tutto d'un fiato.

'Ci voleva.'

Poi si accorse che pendevo dalle sue labbra.

'E' successo ancora. Un altro omicidio. Tutto questo ha dell'incredibile.'

'Chi è la vittima questa volta?'

Gli chiesi sorpreso.

'Il fratello del primo morto, Antoine.'

Mi rammaricai con me stesso per non aver previsto quell'evento delittuoso. Adesso una cosa era certa, Elise era innocente. Adesso non ci restava che prendere in trappolo il vero assassino.

Il padre della ragazza si era chiuso in uno ostinato silenzio. Si rifiutava di fornire un alibi per il momento del delitto e sembrava nemmeno ascoltasse le altre domande che il commissario continuava a fargli. Decisi di intervenire per superare la situazione di stallo che si era creata.

'Lo sa che Elise, sua figlia, ha già confessato l'omicidio di Francoise? Automaticamente dobbiamo addossare a lei anche il secondo delitto. Non possiamo fare altrimenti.'

Le mie parole sembravano averlo scosso fortemente.

'Lasciate in pace mia figlia. Lei non centra niente.'

'Allora ci dica come sono andate le cose.'

Gli chiese il commissario incalzandolo prontamente, approfittando di quella improvvisa apertura dell'indagato.

'Quella sera Francoise era venuta nella mia macelleria per comprare della carne. Lo affrontai con rabbia, chiedendogli di lasciare in pace mia figlia. Le aveva fatto del male irreparabile, ma poteva ancora fermarsi. Ero disposto a pagarlo per convincerlo. Gli offri diecimila euro che gli avrei dato subito. Ma lui mi rispose con un ghigno. Elise era un affare per lui. Era la più richiesta dai suoi clienti e quei soldi poteva racimolarli in meno di un mese. Non se ne fece niente. Mi disse che lui era per lei come un mecenate. Aveva solo fatto esplodere il desiderio ed il talento di fare la puttana che era nascosto nell'animo della mia ragazza. Gliene dovevo essere grato. A quel punto la mia rabbia ebbe il sopravento. Avevo in mano il coltello per tagliare le bistecche. Lo colpii al collo con violenza. Poi in piena notte ne trasportai il corpo, avvolto in un telone al fienile e ritornai a letto a dormire.'

'Perché dopo ha ucciso anche il fratello?

Chiesi incuriosito.

'Il gesto di Elise, il tentato suicidio, tutto quel sangue versato sul letto mi ha fatto perdere la testa. Quell'uomo non poteva non sapere il male che stava facendo suo fratello a quelle povere ragazze. Era colpevole almeno quanto lui e doveva pagare. L'ho raggiunto a casa sua e prima ancora che parlasse l'ho colpito con lo stesso coltello al collo. Giustizia è stata fatta.'

'Non vorrei contradirla ma questa non può definirsi semplicemente giustizia, ma solo duplice omicidio.'

Rimasi seduto nella stanza dove era avvenuto l'interrogatorio ancora per qualche istante mentre il gendarme incaricato portava via in manette quel pover'uomo. Una triste storia era arrivata al suo termine, il caso era stato risolto ma tutto ciò non mi rallegrava. Al suo posto mi sarei comportato allo stesso modo. Forse. Ma non ne ero completamente sicuro.

Quella mattina al municipio c'erano pochi intimi. I due sposi naturalmente, la loro figlia, i testimoni ed il sindaco. Poi arrivò la frase tanto agognata.

'Vi dichiaro marito e moglie. Adesso lo sposa può baciare la sposa.'

Indice